EL CLUB DE LOS SABUESOS Y....

LA EXPEDICIÓN AL PAÍS DEL PUNT

Dirección editorial: Emilio Losada e Isabel Ortiz
Escrito por: María Mañeru
Ilustraciones: Equipo Dessin
Maquetación: Equipo Dessin
Preimpresión: Marta Alonso

© SUSAETA EDICIONES, S.A.
C/ Campezo, 13 - 28022 Madrid
Tel.: 91 3009100 - Fax: 91 3009118
Impreso y encuadernado en España
www.susaeta.com

D.L.: M-860-MMXIV

EL CLUB DE LOS SABUESOS Y....

LA EXPEDICIÓN AL PAÍS DEL PUNT
María Mañeru

Ilustrado por J. Barbero y E. Losada

EL CLUB
DE LOS SABUESOS

LAURIE

Hija mayor del matrimonio australiano de arqueólogos James y Lise Callender. Es una niña de nueve años, bondadosa y protectora, que siempre se siente responsable de sus hermanos y es también la encargada de escribir las aventuras de El club de los Sabuesos en su diario.

JOSEPH

El hijo mediano del matrimonio Callender tiene siete años, mucha imaginación y un carácter muy particular. Es cabezota y a veces gruñón, pero también muy ingenioso, divertido e inteligente. Sus extraordinarias ideas pueden meter a todo el grupo en un lío muy gordo… ¡o hacerles salir de él!

AHMED

Hijo adoptivo de los Callender. De origen egipcio, Ahmed tiene diez años, conoció a Laurie, Joseph y Elizabeth en su primera aventura. Es muy valiente, fuerte y arrojado, y nunca duda ante un peligro.

ELIZABETH

Elizabeth solo tiene cinco años. Quiere a toda costa acompañar a sus hermanos, le encanta el color rosa. Además, es muy lista para su edad, pero muy inocente. En ocasiones ha sido de gran ayuda.

TOTH

Es el mono de Ahmed y su nombre hace referencia a un dios egipcio. Es la mascota de El club de los Sabuesos, un animalito nervioso y gracioso, capaz de ayudarlos a salir bien parados de cualquier aventura.

La expedición a

país del Punt

CAPÍTULO I

UNA GRAN APUESTA

El local de Peter Morgan en Asuán, **«La aventura de Egipto»**, estaba lleno hasta los topes. Morgan, el dueño, aquel simpático americano, locuaz y atrevido, disfrutaba de su buen momento. Había vivido toda clase de **aventuras** a lo largo y ancho del mundo, tenía un verdadero diario de anécdotas digno de leerse, desde el hecho de ser él mismo **príncipe de Ur** (aunque aquel fuera más bien un título honorífico heredado de un bisabuelo) hasta sus múltiples andanzas por China, India, Nueva Zelanda y La selva brasileña. Es cierto que cuando se estableció en Egipto ya era un hombre conocido, pero su idea de crear una peculiar agencia de viajes en la que los clientes pudieran vivir todo tipo de aventuras había sido un éxito. Peter Morgan podía crear la ilusión de que estaban descubriendo la tumba de un faraón, hacer submarinismo por el Nilo, capitanear un barco o sobrevolar el desierto con un aeroplano... Peter Morgan nunca se perdía, conocía todos los caminos y, sobre todo, conocía a todo el mundo: a los líderes beduinos, a los comerciantes, a los altos cargos del gobierno y, por supuesto, a nosotros: a la familia Callender.

No hacía tanto tiempo de nuestra última aventura, apenas unos meses atrás, papá, mamá, Sir Andrew Alistair (el director de nuestra excavación) y todos mis hermanos, Ahmed, Joseph y Elizabeth, nos habíamos embarcado en un crucero por el Nilo y, aunque los mayores no lo sospecharan, gracias al espíritu aventurero de Peter Morgan (y al arrojo de nosotros, los sabuesos) habíamos hallado el tesoro arqueológico más destacado de los últimos años.

Pero ese día, Morgan inauguraba una colección particular de objetos curiosos recopilados en toda una vida de aventuras: **máscaras rituales** de Madagascar, **arañas disecadas** de la selva, **piedras talladas** mesopotámicas... La flor y la nata de la sociedad egipcia del momento se había dado cita esa tarde en su oficina.

–Señor Morgan –le decía una mujer muy elegante que llevaba una copa de champán en la mano–, **su colección es maravillosa**, ¿de verdad ha estado en todos estos lugares?

–Mi querida condesa –contestó Morgan galantemente–, he estado en tantos lugares que a veces me cuesta encontrar un punto en el mapa del mundo que no conozca.

–¡Oh, me sorprende usted, señor Morgan!

–Aún puedo sorprenderla mucho más, condesa, ¿verdad, Laurie? –dijo Morgan guiñándome un ojo y llevándose del brazo a la condesa para enseñarle la colección completa.

Me alegraba por Morgan, que estaba entusiasmado enseñando a todas las visitas su gran tesoro. Mis padres y Sir Andrew habían aprovechado la reunión para hablar con **el viceministro de cultura de Egipto**, probablemente estaban pidiéndole más fondos para seguir excavando. Mis hermanos daban cuenta entre los dos de la mayor parte del aperitivo reservado a los invitados. Elizabeth no se movía de mi lado, me había dado la mano y estaba muy quietecita, porque le dan miedo los sitios llenos de gente. Toth, nuestro mono, se había subido a una de las mesas y se estaba bebiendo el refresco de un invitado sin que él se diera cuenta.

–Ahmed no debería haber traído a Toth –murmuré.

La fiesta estaba en su apogeo cuando se acercó a Morgan un hombre muy particular. Caminaba muy estirado y tenía un aspecto distinguido, pero antipático.

–Vaya, vaya, Morgan –dijo–, parece ser que ha conseguido reunir una colección... Digamos... Vulgar.

–¿Vulgar? –se defendió Morgan–. ¿A qué se refiere?

–Bueno, todos sabemos que sus conocimientos culturales son más bien escasos –contestó aquel hombre impertinente.

–¿Y usted es...? –preguntó Sir Andrew, molesto, inmiscuyéndose en la conversación.

–**Lord Carnavon** –contestó el extraño con orgullo.

–Carnavon... Sí... Lo conozco –reflexionó Sir Andrew–. Entonces, como estudioso que es, sabrá que la colección de Morgan tiene un gran interés **antropológico**...

–Puede ser –contestó Carnavon–. Pero no demuestra su autenticidad. Todas las piezas podrían haber sido compradas en cualquier **mercadillo**... No creo que Peter Morgan las haya conseguido viviendo las múltiples aventuras de las que tanto presume.

–**¿Cómo se atreve...?** –respondió Morgan automáticamente.

–Tiene la oportunidad de demostrar que realmente es un hombre de acción –le cortó Carnavon–. Supongo que ya sabe que he ofrecido **doscientos mil dólares** a aquella persona que encuentre el legendario país del Punt y traiga una prueba de su existencia...

–Nadie sabe dónde se encuentra realmente ese país –intervino Sir Andrew, tajantemente.

–Precisamente, solo podría conseguirlo **un gran aventurero** –dijo Carnavon–. Me ha parecido escuchar antes de sus propios labios,

Morgan, que «le costaba encontrar un punto en el mapa del mundo que no conociera». Pues bien, le propongo que **encuentre el país del Punt**, demuestre su valor y tráigame una muestra de que realmente ha estado allí en menos de un mes... ¡Si lo consigue... Yo lo haré rico!

–¡**Acepto la apuesta!** –exclamó Morgan.

CAPÍTULO II

EL PAÍS DEL PUNT

uál es ese país del Punt? –pregunté. Los invitados ya se habían marchado y solo nos habíamos quedado los Callender con Sir Andrew y Peter Morgan.

–Pues... **El país del Punt** –contestó papá– es un antiguo lugar que se describe en los jeroglíficos egipcios desde la V Dinastía. Se trata de una tierra muy rica donde crecían árboles de mirra, maderas aromáticas, ébano, oro, plata, marfil, incienso y animales exóticos, como los monos.

–¿**Como Toth**? –preguntó Elizabeth.

–Sí, como Toth –respondió riendo Sir

Andrew–, llegaban a pagarse cuantiosas sumas por un monito como él, pero también por jirafas y leopardos.

–¿**Y dónde está ese país?** –preguntó Ahmed, acariciando a Toth.

–Ese es **el problema** –contestó mamá–. Nadie sabe a ciencia cierta su ubicación. La primera expedición egipcia de la que se tiene noticia fue durante la **V Dinastía** y existen narraciones de los muchos tesoros que trajeron. En ellas además se cuenta que el país del Punt estaba en alguna zona de **Nubia**.

–¿Y nadie más ha dado mejores pistas? –preguntó Joseph.

–Existe el testimonio de una gran expedición al Punt durante el reinado de **Hatshepsut** –respondió Sir Andrew.

–¿Y ese quién era? –volvió a preguntar Joseph.

–No era «ese», sino «esa» –respondió mamá pacientemente–. Se trata de una mujer faraón.

–**¿Una mujer faraón?** –preguntó Ahmed con los ojos como platos.

–¿Y qué pasa? ¿Es que no sabes que las chicas podemos hacer las mismas cosas que los chicos? –salté yo.

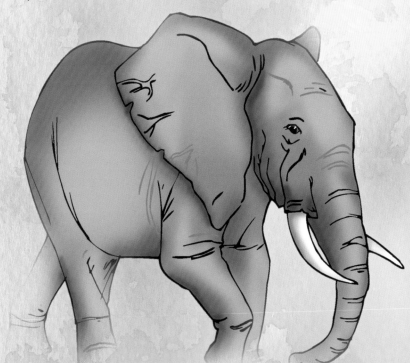

–En **el templo de Hatshepsut**, en Deir El Bahari –continuó mamá–, hay jeroglíficos que relatan el viaje de la **mujer faraón** y las riquezas que se trajeron... Y se dice que el Punt estaba más allá del Mar Rojo... Quizá en la Somalia actual...

–Yo no creo que estuviera allí –intervino Morgan con seguridad–. Los egipcios fortificaron la zona cercana a lo que hoy es Libia, ese era el lugar al que partían más **caravanas**, precisamente en busca de oro, especias, piedras preciosas... Creo que el Punt estaba más cerca de lo que se cree...

–Ya, pero, ¿eso dónde está exactamente? –insistió Joseph–. ¡Los antiguos egipcios deberían haber usado un **GPS**!

–Es imposible saberlo con certeza–contestó Sir Andrew.

–¿Y entonces **cómo vamos a llegar** allí? –pregunté yo.

–¿Vamos? –intervino papá–. ¡**Vosotros no vais a llegar a ningún sitio!** Es Morgan quien ha aceptado una apuesta.

–¡Oh, vamos, papá! –exclamó Ahmed–. ¿Cómo vamos a dejar a Morgan solo ante quién sabe qué aventuras y peligros?

–Hasta el momento no se me ha dado mal –dijo Morgan con calculada inocencia–, aunque ciertamente, este viaje sería mucho mejor en compañía...

–¡Ni hablar! –exclamó papá–. Los niños no irán en busca de un país mitológico y probablemente inexistente.

–Claro que no –respondió Morgan con una peligrosa vocecita–. Pero... podrían ir a ver Deir El Bahari y **el impresionante templo** de Hatshepsut... Hacer **un Safari por el desierto...** Aprender a orientarse con las estrellas, conocer a los beduinos...

Aquella gran lección de historia, arte y cultura era irresistible para mi padre, que pronto cambió de opinión ¡**ya estábamos rumbo a la aventura!**

CAPÍTULO III

DEIR EL BAHARI

upongo que a Ahmed y a Joseph les hubiera gustado mucho más ir con Peter Morgan a elegir **los dromedarios** que formarían nuestra caravana, a comprar las tiendas de campaña y a seleccionar todo lo necesario para **aquella sorprendente expedición** que estábamos a punto de comenzar. Pero papá y mamá pensaron que era mucho más educativo comenzar visitando **Deir El Bahari**, el lugar en el que tomaríamos la salida.

–La reina Hatshepsut –comenzó papá– fue quien inmortalizó su viaje al país del Punt en el templo que mandó construir aquí, en Deir El Bahari.

–¿**Y cuál de ellos es?** –preguntó Elizabeth, impresionada por los enormes monumentos que nos rodeaban.

–Es el llamado **templo de Hathor** o de Hatshepsut, aquel de allí.

Papá señaló con el dedo y me quedé muda de asombro. Ni siquiera parecía un templo. Aquella era **una inmensa construcción**, que en parte estaba excavada en la roca y en parte sobresalía.

Era la fachada más distintiva y original que habíamos visitado en Egipto.

–Como veis, está **construido en terrazas**
–dijo mamá.

El templo tenía varios pisos unidos por ram-
pas, todos ellos llenos de columnas simétricas que
le daban una apariencia imponente. Entramos
formando parte de un grupo de turistas y visi-
tantes, siguiendo a **un guía dicharachero**
que hablaba con un acento bastante divertido.

–Obserrrven **el pórrrrrtico** de la prrrrri-
mera terrrrrraza –dijo el guía–. Los rrrrrrelieves
rrrrrrrepresentan el trrrrrrrransporte de los
grrrrrrrrandes obeliscos...

–Y en esta terraza –me susurró papá– había
dos estanques para poner plantas maravillosas,
como los árboles de mirra que Hatshepsut quería
traer del Punt...

La segunda terraza era mucho más interesante: en su pórtico había escenas con el viaje de Hatshepsut al país del Punt y con su triunfal regreso cargada de tesoros. Además, allí estaba **la capilla de Anubis** y **la de Hathor**, la diosa vaca. Las increíbles columnas tenían la forma humana de la diosa y resultaban maravillosas. Después, en la tercera terraza, vimos más capillas y santuarios, pero nada me había impresionado tanto como **aquellas columnas**, así que cuando nos dejaron los últimos minutos de la visita libres, volví sobre mis pasos con la intención de dibujarlas.

Debía ser rápida. Saqué mis lapiceros de carboncillo y mi libreta y empecé a esbozar las columnas **con la figura de la diosa**. Ni siquiera me di cuenta de que en ese momento estaba completamente sola. Por eso me sobresalté cuando una voz cavernosa rasgó el silencio con estas palabras:

–Jamás llegaréis al país del Punt.
Levanté la cabeza de mi trabajo y vi a un hombrecillo ataviado con una chilaba árabe de color oscuro. Llevaba **un fez rojo en la cabeza** y me miraba con unos

ojos tan pequeños y hundidos, como iracundos.
Eran los ojos de una rata.

–Perdón, ¿qué dice, señor? –pregunté sorprendida y temerosa.

–Jamás llegaréis al Punt –repitió–. Está escrito.
Debe permanecer en secreto y aquel que lo
intente desvelar se hundirá para siempre en el
sueño de las arenas del desierto.

Parecía **como loco** o extraviado cuando me agarró con fuerza de una muñeca. Traté de zafarme, pero **era mucho más fuerte** de lo que aparentaba; me dio tiempo a fijarme en que llevaba **un anillo de oro en el dedo** con un extraño símbolo, antes de que me susurrara lúgubremente:

–No deberíais intentarlo... ¡**No vayáis!**

Y se marchó, deslizándose entre las columnas y dejándome a mí con el corazón palpitante de miedo e incertidumbre.

CAPÍTULO IV

REUNIÓN DE SABUESOS

Todo había ocurrido en apenas unos minutos. De pronto, mamá y Elizabeth aparecieron sonrientes en la terraza.

–¡Qué bonito dibujo! –exclamó mamá sin darse cuenta de mi agitación–, qué lástima que no puedas acabarlo. La visita ha terminado y tenemos que volver.

Estábamos alojados en el hotel Al Hambra, muy cercano a Deir El Bahari. Nada más llegar, me puse a dibujar **el extraño símbolo** del anillo. No quería que aquella imagen que mantenía vivamente en mi cabeza **se me borrara** de la mente. Ahmed y Joseph entraron charlando alegremente.

–... Morgan me ha dicho que **dormiremos sobre la arena** del desierto –decía Joseph con entusiasmo.

–¡Y que podremos acampar en un oasis! –exclamó Ahmed.

–Morgan dice que conoceremos a los beduinos –añadió Elizabeth.

–**¿Qué haces, Laurie?** –preguntó Ahmed–. ¿Es que no nos oyes?

–Morgan dice... Morgan dice... Parece que no tenéis ojos para nadie más –dije molesta.

–¿Pero qué te pasa? –preguntó Ahmed–. Morgan es un tipo genial y lo sabes, **¿Por qué estás de tan mal humor?**

–Porque he tenido **un encuentro** muy raro en el templo de Hatshepsut –le contesté angustiada.

–¿Un encuentro? –repitió Ahmed–. ¿Un encuentro con quién?

–Era **un hombre de baja estatura**, muy extraño, con la mirada maliciosa y los ojos muy juntos. Solo de recordarlo, tiemblo de miedo.

–¿**Pero te hizo algo?** –preguntó Joseph preocupado.

–No... Es decir... No me hizo nada, pero me dijo algo muy raro...

–¿QUÉ te dijo?

–Que no debíamos ir al país del Punt. Dijo que quien intentase descubrir dónde estaba, se dormiría para siempre entre las dunas del desierto.

–Seguramente **era un loco** –opinó Joseph.

–Puede ser, pero me dio mucho miedo.

–A mí también me da mucho miedo –dijo Elizabeth solidariamente.

–**Llevaba un anillo** muy peculiar, con un símbolo muy raro grabado –añadí.

–¿Cómo era el símbolo? –preguntó Ahmed, cada vez más interesado.

–Pues era así –dije mostrándole mi dibujo.

–¿Una flor? –preguntó Joseph decepcionado.

–Una flor bastante rara, ¿no te parece? –le contesté.

–¿Qué significado tendrá? –se preguntó Ahmed por lo bajo.

Justo en ese momento se abrió la puerta de la habitación y Peter Morgan entró dando grandes y **enérgicas zancadas**, como siempre.

–¡**Chicos!** –dijo alegremente–. Tenéis que bajar a ver las tiendas que he conseguido, son increíbles, tienen...

Su discurso se detuvo en seco cuando vio mi dibujo.

–¿**Qué es esto?** –preguntó–. ¿De dónde has copiado este símbolo, Laurie?

Le conté toda la historia, pero cuando terminé, Morgan no dijo nada. **Estaba blanco como el papel**.

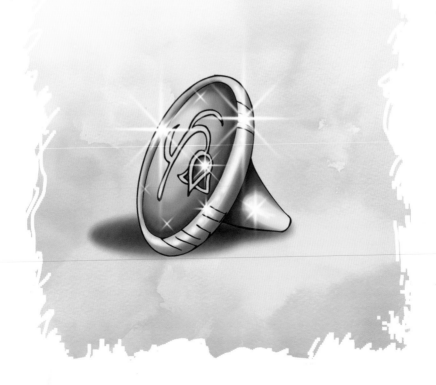

CAPÍTULO V

LA SECTA DE LA ROSA DEL NILO

ué pasa? –pregunté.

El silencio de Morgan era un síntoma de que **algo no funcionaba** como debía. Él tenía una naturaleza sociable, siempre con una sonrisa en los labios y siempre se encontraba ocupado, haciendo o diciendo algo. No era un hombre dado a meditaciones pero, por una vez, se había quedado ensimismado y su rostro revelaba **verdadera preocupación**.

–Morgan –lo llamó Ahmed, y pareció sacarlo de sí mismo–... Tú sabes qué significa **el símbolo** del anillo que vio Laurie, ¿verdad?

–Es el símbolo de la **Secta** de la Rosa del Nilo –declaró Morgan con voz temblorosa.

–¿Eh? –preguntó Ahmed.

–¿Qué es una secta? –preguntó Elizabeth.

–**¿Hay rosas en el río Nilo?** –preguntó Joseph a su vez–. **¡Qué raro!** Jamás he visto una...

–La Secta de la **Rosa del Nilo** –le interrumpió Morgan– es un peligroso grupo de personas que tratan de impedir toda excavación o **descubrimiento** de tesoros arqueológicos en Egipto.

–¿Y por qué hacen eso? –preguntó Joseph–. ¿No quieren que la gente conozca la época de los faraones?

–Desgraciadamente –continuó Morgan–, creen que **desenterrar los tesoros** del pasado solo sirve para contaminarlos al mostrarlos después a los turistas.

–¿Y qué hacen para evitarlo? –preguntó Ahmed.

–Son muy violentos... En alguna ocasión han volado con pólvora una excavación, también han robado tesoros que jamás han vuelto a ser encontrados, pero lo peor ha sido la maldición...

–¿La maldición? –preguntó Elizabeth aterrada–. ¿Qué maldición?

–Varios egiptólogos han sido encontrados dormidos, parecen muertos y no hay ninguna medicina que pueda despertarlos, aunque el corazón les late. Se cree que utilizan el poderoso veneno de la rosa del Nilo, **una extraña flor** parecida al loto, tan terrible como para sumir en un profundo sueño a un hombre durante el resto de su vida.

–¿Y no existe un antídoto contra ese veneno? –preguntó Ahmed.

–Si existe, no se conoce –respondió Morgan.

–¿Y la policía **no los ha detenido**? –pregunté yo.

–No es tan sencillo. Nadie sabe quiénes son en

realidad. Hay testigos que cuentan haber visto a algún hombre **vestido con atuendos árabes**, como cualquier otro, justo antes de que cayeran dormidos, **pero se escapan**, pasan desapercibidos...

–... Como el que yo he visto en Deir El Bahari –murmuré.

–Sí –contestó Morgan–. Ese hombre nos ha dado un aviso de la Secta de la Rosa del Nilo.

Creo que deberíamos abandonar la expedición al país del Punt, no tengo derecho a poneros a todos en peligro.

–¡Nada de eso! –exclamó Ahmed–. ¡Iremos al país del Punt y volveremos!

–¡Eso! –corroboró Joseph, el temerario–. ¿Quién dijo miedo?

–¡Sí! –exclamó Elizabeth, contagiada por su entusiasmo y olvidando sus anteriores temores.

–¡Estoy de acuerdo! –exclamé yo, dejándome llevar también.

Morgan nos miró de uno en uno y, por fin, esbozó su eterna sonrisa. Y, como si todos lo hubiéramos pensado a la vez, colocamos nuestras manos en círculo y gritamos:

–¡Un sabueso nunca se rinde!

CAPÍTULO VI

LA CARAVANA SE PONE EN MARCHA

amás, por muchos años que pasen, podré olvidar el día en que **la expedición al país del Punt** se puso en marcha. Era un mañana de esas en las que el amanecer parece teñir de rosa el cielo, una extraña neblina lo rodeaba todo **misteriosamente**, presagiando las muchas aventuras que nos esperaban.

La caravana que Morgan había seleccionado estaba compuesta por dromedarios cargados con nuestros equipajes y otros que simplemente se encargarían de transportarnos a nosotros. Hay mucha gente a la que no le gustan los **dromedarios**, dicen de ellos que son ani-

47

males malhumorados y poco sociables, pero a mí me resultan simpáticos, con su joroba a cuestas, como si fuera una mochila de la que van sacando el almuerzo y el agua que necesitan cada día...

Nos habían vestido a todos con el ropaje de las gentes del desierto. Aquella mañana, antes de salir del hotel, A Joseph le había dado un ataque de risa por vernos **disfrazados** de ese modo. La verdad es que aquella ropa solo le

quedaba bien a Ahmed, pero claro, es que Ahmed, en parte, es árabe...

–No sé **qué te hace tanta gracia**, Joseph –dijo papá con severidad–. Estas ropas aíslan del **calor intenso** que hace en el desierto por el día y también del tremendo frío que hace por las noches...

Joseph dejó de reírse, pero en cuanto papá se dio la vuelta empezó a hacer el tonto otra vez y al final **todos nos sentimos un poco ridículos**. Sin embargo, allí, en ese momento, a punto de **subirnos a un dromedario**, no se me ocurrió una manera mejor de ir vestida que aquella.

Sir Andrew se despidió de todos ceremonialmente. Él no nos acompañaría esta vez.

–Estoy demasiado viejo para caravanas –había dicho.

Sir Andrew no está demasiado viejo para nada, lo que ocurría era que se hallaba inmerso en la transcripción de **un papiro de la época** de Tutmosis IV y no quería distraerse de aquel trabajo por nada del mundo.

Por fin, nos fuimos subiendo a nuestros dromedarios (o más

bien nos subieron, porque hay que ver lo altos que son estos bichos, ¡metros y metros!). Ellos se colocaron de un modo natural en fila india, como si no supieran caminar de otra manera que **uno detrás de otro**. Morgan se puso en cabeza y alzó el brazo, como señal para que nos pusiéramos en marcha y así, con el paso lento de los dromedarios, **la caravana comenzó** a avanzar, internándose en la inmensidad del desierto y dejando atrás el templo de la reina Hatshepsut.

CAPÍTULO VII

EN EL OASIS DE EL-KHARGA

Cuando llegamos al **oasis de El-Kharga** ya llevábamos más de una semana en el desierto. Después de ocho días con sus noches caminando a lomos de un dromedario, nos habíamos acostumbrado a su balanceo, aunque los primeros días nos dolía todo el cuerpo, como si tuviéramos agujetas.

La rutina se había instalado en el grupo: al amanecer, nos aseábamos un poco, desayunábamos leche con dátiles y recogíamos las tiendas de campaña para ponernos en marcha. Durante horas, simplemente cabalgábamos en silencio, escondiendo los rostros en las telas que nos protegían del sol y el viento, dejándonos llevar por Morgan en aquella **inmensidad de arena** que parecía no tener fin. Y Morgan sabía perfectamente por dónde había que ir, a pesar de que todo era exactamente igual:

montañas y mon-
tañas de arena.

Por eso, la lle-
gada al **oasis** fue
todo un aconteci-
miento. Es difícil
describir la belleza
de una naturaleza to-
talmente exuberante
en mitad del desierto.

Nuestra mirada, acostumbrada al color de la tierra, parecía descubrir por primera vez el tono verde de la vegetación: era algo así como **un enorme bosque de palmeras** rodeado de arena por todas partes.

–Aquí –dijo papá– descubriréis muchos restos de otras culturas. Por ejemplo, visitaremos las antiguas **murallas** que construyeron los romanos.

–¿Los romanos eran egipcios? –preguntó el bruto de Joseph.

–**¡Claro que no!** Pero Egipto sí fue una provincia romana... Roma invadió Egipto y lo gobernó como si fuera parte de su territorio. Este oasis era una de las principales rutas comerciales de oro y marfil, por eso lo protegieron con murallas.

–¿Y qué es esa construcción de ahí? –preguntó Ahmed.

–**El templo de Hibis** –respondió mamá–. Lo construyeron los persas.

–Romanos, persas... –concluyó Joseph fastidiado–. ¿Estáis seguros de que esto es Egipto?

Mis padres se echaron a reír.

–¡Es precioso! –exclamé.

–Estuvo mucho tiempo sepultado en la arena –me explicó papá– y también sufrió la acción de las aguas subterráneas de la zona. Hace poco tiempo el Metropolitan Museum de Nueva York se hizo cargo de su restauración y hoy, como puedes ver, luce como si estuviera recién construido.

Los muros estaban decorados con maravillosos relieves de dioses y animales que rápidamente me puse a dibujar en mi cuaderno de campo mientras papá, mamá y mis hermanos observaban la fachada y las hermosas columnas. Podía escuchar de lejos cómo mi padre les explicaba quién fue Darío I, el rey persa que lo mandó construir... Y entonces, al igual que había pasado en Deir El Bahari, una voz casi de ultratumba me sobresaltó.

–No deberíais ir en busca del país del Punt, muchos peligros os acechan.

Cuando me volví a mirar, vi ante mí a un hombre del desierto. No se parecía en nada al que

tanto me había asustado en Deir El Bahari. Era **un hombre joven**, con barba y ropaje de beduino. Su voz, aunque profunda, no me daba miedo.

—**¿Quién eres?** —pregunté entre la sorpresa y la curiosidad.

—Eso no importa —me respondió—. Solo vengo a avisaros de que **abandonéis este viaje...**

—No lo haremos —le contesté con toda la firmeza de la que fui capaz—. No nos da miedo la Secta de la Rosa el Nilo...

—Pues debería —contestó el hombre con aire cansado—. Veo que no te convenceré.

—**No** —respondí.

–Entonces al menos, en premio a tu valentía, acepta este regalo.

Y me tendió **un pequeño saquito** de piel atado con una cuerda.

–¿**Qué es?** –pregunté.

–Guárdalo bien –me respondió el hombre–, quizá **en algún momento lo necesites**.

Y con estas enigmáticas palabras, se dio la vuelta y se internó en el palmeral sin mirar atrás.

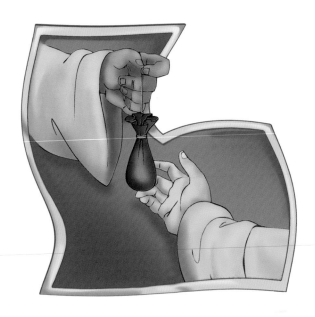

CAPÍTULO VIII

EL EXTRAÑO REGALO

aurie... ¿Laurie?... ¡LAURIE!

No sé cuánto tiempo llevaban allí Ahmed, Joseph y Elizabeth. Me había quedado como **hipnotizada** mirando el lugar por el que el desconocido había desaparecido.

–¿Vosotros no estabais viendo el templo con papá y mamá? –acerté a preguntar.

–Demasiado aburrido –resumió Joseph.

–¿Qué haces aquí sola? –preguntó Ahmed.

–Estaba... Estaba dibujando los relieves –contesté confusa.

–¿**Ha pasado algo?** –preguntó Ahmed de nuevo–. Estás un poco pálida...

61

–Un hombre del desierto me recomendó que **no fuéramos** en busca del país del Punt, me dijo que corríamos grave peligro.

–¿Era de la Secta de la Rosa del Nilo? –preguntó Joseph.

–No creo... Me entregó esto...

Les mostré el extraño regalo que me había dado aquel hombre.

–¡**Ábrelo**! –dijo Joseph de inmediato.

–¿Y si es una trampa? –dudé.

–¿**Qué trampa?** –preguntó Elizabeth con la lógica aplastante de los niños pequeños–. ¡Aquí dentro no cabe nada!

–Yo lo abriré –dijo Ahmed con decisión.

Despacio, con sumo cuidado, desató el cordel que cerraba el paquetito de cuero. Dentro había **un montón de arena** fina, parecida a la del desierto, pero de color negro. Nos miramos desorientados.

–¿**Arena?** –se preguntó Joseph–. ¡No es precisamente un tesoro!

–Vaya arena más rara –opinó Elizabeth.

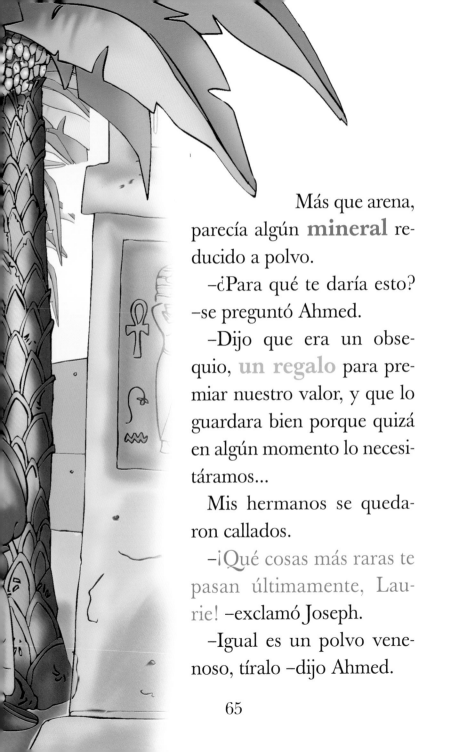

Más que arena, parecía algún **mineral** reducido a polvo.

–¿Para qué te daría esto? –se preguntó Ahmed.

–Dijo que era un obsequio, **un regalo** para premiar nuestro valor, y que lo guardara bien porque quizá en algún momento lo necesitáramos...

Mis hermanos se quedaron callados.

–¡Qué cosas más raras te pasan últimamente, Laurie! –exclamó Joseph.

–Igual es un polvo venenoso, tíralo –dijo Ahmed.

–También podría ser **polvo mágico**, como el de las hadas –opinó Elizabeth.

Mis hermanos se rieron de su inocencia. Volví a cerrar el saquito y **me lo colgué del cuello**, entre los ropajes. Algo en mi interior me decía que no debía deshacerme de él.

CAPÍTULO IX

BAJO LA ARENA

Dejar atrás el oasis de El-Kharga me entristeció. Otra vez la inmensidad del desierto en el horizonte, pero ahora ya no me parecía tan hermoso. En mi corazón, **tenía miedo.** Ya eran dos las ocasiones en las que alguien nos había advertido de **lo peligroso de nuestra misión** y esta vez no se lo contamos a Morgan. No queríamos preocuparle, bastante tenía él con tratar de buscar el rumbo hacia aquel lugar donde pensaba que **encontraría el país del Punt.** Por supuesto, tampoco podíamos decir nada a papá y mamá, porque entonces la aventura terminaría abruptamente. Estábamos seguros de que si se enteraban de la existencia de la **Secta de la Rosa del Nilo**, se negarían a seguir adelante.

La caravana de dromedarios siguió surcando el desierto **durante cinco lunas** más, con la rutina habitual y sin que ocurriera nada importante. Como todos los días, al atardecer nos paramos resguardándonos tras una duna más alta y

comenzamos a montar las tiendas de campaña. Cada uno de nosotros tenía asignado un pequeño trabajo, de manera que en poco tiempo, teníamos montado **un campamento nocturno** en el que cenábamos y dormíamos.

Aquella tarde, Morgan salió con su **palo de zahorí** en busca de agua. Era aquel un extraño instrumento al que Elizabeth llamaba «la varita mágica de Morgan». Se trataba de un palo

bifurcado que Morgan agarraba con las dos manos y que según él, le «avisaba», le transmitía algún tipo de energía, cuando encontraba alguna
bolsa de agua en el suelo. Hasta ahora no nos había fallado. Pero esa noche no llegó a encontrar

agua, sino que encontró algo mucho más inesperado.

–¡Venid! ¡Venid! –le escuchamos gritar no muy lejos del campamento–. ¡Venid a ver esto!

Todos corrimos hacia él. Estaba sentado en una alta duna y había arrojado el palo de zahorí al suelo, a su lado. Desenterraba algo con las manos. Cuando por fin nos situamos a su lado, vimos **un pico que parecía de piedra** sobresalir entre la arena. Todos nos agachamos y nos pusimos a escarbar con ahínco y poco a poco, **fuimos desenterrando** una pared labrada, con extrañas letras e imágenes de plantas, flores y animales.

–¡**Parece la fachada de un edificio!** –exclamó papá con emoción.

–Debe de ser persa –opinó mamá.

–Es **la ciudad perdida...** Lo que todo el mundo conoce como país del Punt –aseguró Morgan, dejándonos a todos atónitos.

–¿Estás seguro? –preguntó papá incrédulo.

–¡Por completo! –exclamó Morgan con energías renovadas.

Excavamos hasta que se hizo de noche y el frío y la oscuridad no nos permitieron seguir trabajando y solo entonces nos fuimos a dormir. Di muchas vueltas en el saco porque, a pesar del cansancio, estaba **tan emocionada** por el hallazgo que no era capaz de pegar ojo. Cuando por fin me entregué al mundo de los sueños era tan tarde que los últimos ruidos que pude escuchar fueron los **suaves ronquidos de Joseph**.

CAPÍTULO X

LA CIUDAD PERDIDA

Dcuando me desperté, el sol ya estaba muy alto, hacía calor y no se escuchaba ningún ruido. A mi lado, los sacos de dormir de mis hermanos estaban desordenados y vacíos. Sólo Elizabeth seguía durmiendo, abrazada a Toth, que estaba despierto y me observaba con sus ojitos vivarachos, aunque se sentía tan a gusto **rodeado por los bracitos de la pequeña**, que no se movió de allí. Me senté y me froté los ojos, aún estaba cansada. Entonces recordé los sucesos de la noche anterior y decidí que quería ver a plena luz del día **lo que habíamos desenterrado** horas antes.

Cuando empecé a vestirme, Elizabeth se despertó.

–¿Qué día es? **¿Hay cole hoy?** –preguntó, somnolienta y desorientada.

–Estamos en el desierto, Elizabeth –le contesté pacientemente.

–¡Oh! –exclamó–. ¡Oh! ¡Es verdad!

Toth saltó a mi hombro, terminé de vestirme y la ayudé a ella, porque se estaba haciendo un verdadero lío con la ropa.

Cuando salimos fuera no vimos a nadie.

–Estarán donde **excavamos ayer** –dije.

Y fuimos de la mano hasta la cima de la alta duna en la que habíamos desenterrado parte de un muro. Al llegar arriba la sorpresa se adueñó de las dos, que apenas pudimos contener una exclamación.

–¡Ooooohhhhh!

Ante nuestros ojos se desplegaba la increíble visión de **una ciudad entera** excavada en la roca. Cientos de edificios muy antiguos de roca rojiza, que casi se confundían con la arena del desierto, se erguían majestuosos y solitarios.

–¡**Laurie!** –gritó Ahmed desde abajo nada más vernos–. **¿Has visto lo que nos ha dejado la tormenta?**

–¿Qué tormenta? –le pregunté como perdida.

Ahmed y Joseph corrieron hacia nosotras.

–Anoche hubo **una tormenta de arena** –declaró Ahmed–. ¿Es que no te enteraste?

–Debí de dormirme muy profundamente –le contesté.

–Y yo –aseguró Elizabeth.

–Pues no veas **cómo soplaba el viento** –relató Joseph–, parecía que iba a llevarse la tienda de campaña por los aires...

–Y cuando **la tormenta** paró y llegó la mañana –continuó Ahmed–, salimos y nos encontramos con que **el viento** había dejado al descubierto **esta ciudad** que estaba enterrada.

Vi a Morgan y a papá y mamá más abajo, inspeccio-

nando todo con la mirada crítica de los investi-
gadores de la historia.

–Vamos –dije a mis hermanos.

Al verme llegar, Morgan sonrió.

–Ya están aquí las bellas durmientes
–dijo de buen humor.

–Podríais habernos despertado –le reproché.

–Vamos, **vamos** –intervino papá–, no os en-
fadéis. Hoy es un gran día: **hemos encontrado una ciudad perdida** de la época de
Hatshepsut.

–Una ciudad perdida no –le corrigió Morgan– .
¡Hemos encontrado **el mítico país del Punt**!

–Eso no lo sabemos –dijo mamá–. Es solo una
conjetura tuya... Muy fantasiosa, por cierto.

Morgan puso los ojos en blanco.

–¡**Tendré que demostrarlo!** –exclamó.

CAPÍTULO XI

LA PRUEBA DEL PAÍS DEL PUNT

Pasamos todo el día visitando la ciudad perdida. Era como el inmenso escenario de **una película de aventuras**. El edificio más destacado, el primero que habíamos comenzado a desenterrar, era una especie de templo cuya fachada estaba completamente labrada en la roca. Tenía **columnas falsas**, capiteles, frontones y todo tipo de grabados. La puerta, altísima, debió de ser de madera, pero ahora era simplemente un hueco en la piedra que daba miedo cruzar, dada la oscuridad que reinaba en su interior.

Morgan había traído faroles y linternas que encendió rápidamente, dándonos un foco de luz a cada uno. El interior del templo era todavía **más hermoso que el exterior**, era una enorme sala poblada de columnas tan anchas que entre Ahmed y yo no podíamos terminar de abrazar.

–Son escenas de ofrendas a los dioses –dijo papá, acercando una luz a la pared labrada.

–No son **dioses egipcios**, ni tampoco nubios –murmuró mamá.

–Pero sí podréis reconocer las letras –casi preguntó Morgan volcando su luz sobre un panel escrito en **extraños signos**.

–Es **escritura cuneiforme** –dijo papá, asombrado.

–¿Qué pone? –pregunté yo.

–Está **incompleto** y... deteriorado –respondió papá–. Trataré de leer lo que aún se ve bien...

Guardamos silencio. Papá y mamá leían con una concentración absoluta, mascullaban entre dientes mientras nosotros nos agitábamos, tosíamos y **nos mordíamos las uñas**. En cambio, Morgan estaba sentado tan tranquilo, mordisqueando chocolate y acariciando a Toth.

Puede que solo transcurrieran unos minutos (mis padres son rapidísimos descifrando textos imposibles), pero el caso es que a mí me parecieron horas, cuando por fin mamá levantó la cabeza y leyó:

–... «Padre Luminoso, Señor de la Vida y la Muerte, vela por nosotros, los habitantes de tu país sagrado, del país del Punt, y haz crecer nuestra mirra por encima de nuestras cabezas...».

–¡Es verdad! –gritó entusiasmado Ahmed–. ¡Estamos en el país del Punt!

–¡Lo hemos conseguido! –gritó Joseph con alegría.

El entusiasmo se adueñó de todos nosotros. Morgan estaba como loco de contento, papá y mamá trataban de calibrar aquel descubrimiento inesperado. Toth saltaba, Elizabeth reía...

–Esta es la prueba que necesitabas –le dijo papá a Morgan señalando el grabado.

–Pero no nos lo podemos llevar –dijo Morgan con su sonrisa eterna–, de manera que, al menos, lo inmortalizaremos.

Durante un buen rato, Morgan dirigió un improvisado estudio de fotografía. Nos colocó a todos estratégicamente para iluminar aquella pared y poder fotografiar el párrafo en el que se mencionaba **el país del Punt**. Por supuesto, llevaba **varias cámaras de fotos** y de vídeo profesionales.

–Yo también **guardaré un recuerdo** –me dijo Joseph.

Y sacó su **teléfono móvil** del bolsillo, fotografiando el relieve

como quien juega a ser arqueólogo. Por mi parte, lo **dibujé en mi cuaderno** de campo.

El resto del día se nos pasó volando visitando la ciudad perdida... O, mejor dicho, el país del Punt. Entramos en las casas, donde aún se conservaban muebles como **jergones** o sillas, había restos de cerámica, de vasijas rotas, y en muchas paredes, pinturas con escenas de caza o de familia. Me preguntaba quiénes habían vivido allí... Y así pasaron las horas y **la noche** volvió a adueñarse del desierto. Esa noche, agotados, **dormimos tan profundamente**, que ni una docena de tormentas de arena nos hubieran despertado.

CAPÍTULO XII

¡DULCES SUEÑOS!

Al abrir los ojos lo primero que pensé es que ya debía de ser tarde, hacía calor en la tienda y la luz se filtraba en el interior. Pensé que seguramente me había quedado otra vez horas y horas dormida sin que nadie viniera a despertarme, pero al mirar a mi alrededor, me di cuenta de que mis hermanos también dormían a pierna suelta. Un pequeño chasquido me hizo girar la cabeza hacia el fondo, donde pude ver que Toth trataba de esconder algo que llevaba aferrado en sus pequeñas manitas.

–¡Toth! –le susurré–. ¡Ven aquí!

El monito no me hizo caso, así que me arrastré hasta donde estaba.

–¡**Toth**! ¿Qué es lo que estás escondiendo?

Era una de las **chocolatinas** que solía comer Morgan.

–¡Oh, Toth! Pero qué travieso eres... Sabes que **no debes comer esto...**

Me extrañó que se lo hubiera podido arrebatar a Morgan sin que él se diera cuenta, sabíamos de

sobra que era un tipo que dormía **con un ojo abierto** y otro cerrado, pero pensé que seguramente se había quedado dormido como yo.

–¿Qué es lo que Toth no debe comer? –preguntó Ahmed a mi espalda en voz baja.

–¡Mira! Ha debido de robarle una de sus barritas de **chocolate** a Morgan –le contesté.

–¡Toth! –le reprendió Ahmed–. Los monos no deben comer chocolate, **te puedes poner enfermo**.

–En cambio los niños sí podemos comerlo –dijo alegremente Joseph, quitándoselo.

–¡Shhhhhh! –susurramos Ahmed y yo.

Pero ya era tarde. Elizabeth se había despertado al oír a Joseph y se frotaba los ojos.

–Y las niñas –dijo bostezando–, también podemos comer chocolate... ¿Me das un poco, Joseph?

–¡Bueno! –exclamó Ahmed–, parece que ya estamos todos despiertos, ¿qué hora será? Seguro que los mayores ya nos llevan ventaja y están descubriendo más cosas en la ciudad perdida.

–En el país del Punt –le corrigió Joseph.

–¡Qué más da! Salgamos a buscarles.

Los cuatro nos vestimos y salimos fuera. Efectivamente, era casi mediodía por la posición del sol. Habíamos dormido demasiado... En el campamento no había nadie, así que nos acercamos a la ciudad perdida, pero tras entrar en el templo y en varias casas principales sin encontrar a nadie, empezamos a gritar:

–¡Mamáááá! ¡Papáááááá! ¡Morgaaaaaaan!

Solo respondió el eco de nuestras propias voces en aquella ciudad fantasmal.

–¡Qué raro! –dijo Joseph–. ¿Dónde se habrán metido?

Me entró una extraña inquietud. Era muy raro que nuestros padres se alejaran tanto. Además, la noche anterior habían dicho que querían volver precisamente al templo, a estudiar los relieves de la otra pared.

–¿**Dónde estarán?** –preguntó Ahmed con gesto preocupado.

–Volvamos al campamento –dije, con una premonición.

Corrí hasta las tiendas de campaña seguida de mis hermanos y entré en la de nuestros padres. Allí **estaban, dormidos...** O eso parecía. Entramos todos, hablando atropelladamente:

–¡Estabais aquí, vaya susto nos habéis dado!

Mis hermanos estallaron en carcajadas y saltaron sobre ellos, pero **ni papá ni mamá se movieron.**

–¿Qué pasa? –preguntó Joseph–. ¡Mamá, despierta!

Elizabeth trataba de rescatar a papá del sueño **dándole palmaditas** cariñosas en la cara, pero tampoco lo conseguía y según pasaban los minutos, me entraba más y más angustia.

–**Déjalo** –dije por fin a Joseph–. No podremos despertarlos... Creo... Creo que **la Secta de la Rosa del Nilo** ha cumplido su amenaza.

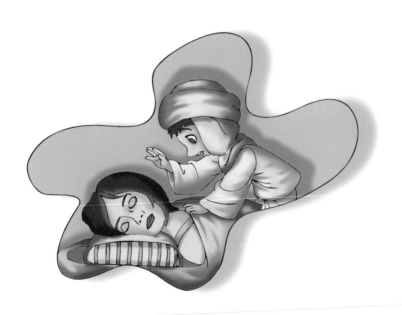

CAPÍTULO XIII

PERDIDOS

Mis hermanos me miraron con incredulidad al principio, pero poco a poco fueron comprendiendo mis palabras.

–¡No puede ser! –exclamó Joseph.

–¿Crees que los han dormido con su veneno, como a los otros arqueólogos que nos contó Morgan?

–Sí, eso es lo que creo.

–¿Y dónde está Morgan? –preguntó Elizabeth con un hilo de voz.

Salimos de la tienda y entramos en la de Morgan. Estaba **dormido**, con su eterna sonrisa dibujada en el rostro, como si no tuviera ninguna

preocupación. Lo zarandeamos, gritamos, salta-
mos sobre él y hasta **le mojamos el rostro**
con agua de la cantimplora sin éxito. Teníamos
que admitir una realidad muy preocupante: nuestros padres y Morgan habían caído en el
sueño de la Secta de la Rosa del Nilo, para el que
no se conocía **antídoto**.

–¿Qué vamos a hacer? –preguntó Elizabeth con los ojos cuajados en **lágrimas**.

–Estamos solos en mitad del desierto –dijo Ahmed–. Cuatro niños y un mono, **solos, abandonados...**

Elizabeth **rompió a llorar** y Joseph también. A mí me entraron ganas de hacer lo mismo, pero vi a Ahmed luchando por contener las lágrimas y pensé que **no podía derrumbarme**. Mi obligación, por ser la hermana mayor, era cuidar de **mis hermanos** ahora que mis padres no podían hacerlo.

–Tiene que haber **una solución** –dije mostrando mucha más seguridad que la que sentía realmente.

–¿Lo crees de verdad? –preguntó Joseph sorbiéndose las lágrimas.

–¡Claro que sí! Y además, **un sabueso** nunca se rinde, ¿es que acaso lo habéis olvidado?

Elizabeth **dejó de llorar** y esbozó una tímida sonrisa.

–Primero –dije–, vamos a reunir todas nuestras provisiones.

Pusimos en nuestra tienda la caja de dátiles, las **chocolatinas** de Morgan, los barriles de agua y la carne seca que teníamos en las alforjas de los dromedarios, y volvimos a salir fuera.

–Si lo racionamos bien, podremos sobrevivir muchos días –dije.

–¿Y de qué nos servirá eso? –preguntó Joseph mohíno–. Si no podemos despertar a los mayores, **¡jamás saldremos de aquí!**

–Quizá aparezca una caravana que pueda ayudarnos –conjeturó Ahmed.

–**NADIE** conoce este lugar –le respondió Joseph–. ¡Lo hemos descubierto nosotros!

–Tal vez podríamos cargar a **los mayores**

entre todos sobre los dromedarios y ponernos en camino...

–¿En camino hacia dónde? –insistió Joseph, empeñado en ser un cenizo–. ¡Nos perderemos en el desierto **y moriremos** de sed igualmente!

–Yo no pienso **morirme de sed**, ni de ninguna otra cosa –declaró Elizabeth.

–Ni nosotros tampoco –dije yo convencida.

–Pues entonces, ya me contarás –añadió Joseph, malhumorado.

Pero de pronto, se le iluminaron los ojos, se dio una palmada en la frente y exclamó:

–¡**Pero qué tontos somos**!

–Yo no soy tonta –respondió automáticamente Elizabeth.

Joseph no le hizo caso.

–¡**El regalo**, Laurie!

–¿Qué regalo?

–El que te dio **el hombre del desierto** en el oasis de El-Kharga...

Me eché la mano al cuello, donde seguía llevando **el saquito** que aquel hombre me había dado. «Guárdalo bien. Quizá en algún momento **puedas necesitarlo**», me había dicho. Y una esperanza se abrió camino en nuestros corazones.

CAPÍTULO XIV

EL ANTÍDOTO

Crees que el contenido de este saco puede ayudarnos? –pregunté.

–¿Por qué te lo hubiera dado, si no? –respondió Joseph.

–Quizá –intervino Ahmed–, solo quizá... Podría ser el antídoto.

–¿El antídoto? –pregunté de nuevo–. Sí... Podría ser...

–Probemos –dijo Joseph.

–Pero... ¿Y si es un veneno?

–No tenemos nada que perder –insistió Joseph–. De todas formas si no hacemos nada no se despertarán jamás.

Era un argumento de peso. Miré a Ahmed, que asintió gravemente, y me quité el saquito del cuello, abriéndolo. El **extraño polvo negro** que contenía brilló a la luz del sol. Entramos todos

muy serios en la tienda de papá y mamá, donde ellos **seguían durmiendo** como si el tiempo se hubiera detenido.

—**¿Y cómo se lo damos?** —pregunté confusa.

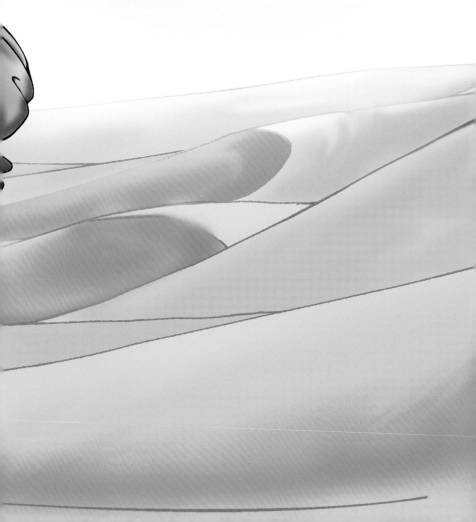

–Se lo meteremos en la boca –propuso Joseph.

–**Están dormidos** –repuso Ahmed–. No creo que puedan tragarlo... Si es que hay que tragarlo...

–Podríamos **mezclarlo con agua** –propuse yo sin convicción.

–Eso no hará que lo traguen mejor –respondió Ahmed.

–Yo siempre he pensado que son como **polvitos mágicos** de hadas –intervino Elizabeth, tan inocente como iluminadora.

–¡**Polvo de hada!** –exclamé–. ¡Eso es!

No expliqué nada a mis hermanos, que me miraban atónitos, simplemente actué por impulso. Volqué parte del polvillo negro en la palma de mi mano y **soplé con fuerza** sobre él, formando una oscura **polvareda** brillante que se extendió por toda la tienda de campaña.

Automáticamente, mis hermanos estornudaron varias veces y, entre **sus estornudos** y los míos, de pronto distinguí otros estornudos: ¡los de mis padres!

–¡Por favor, Laurie! –exclamó mamá–. ¡Abre la puerta de la tienda o nos ahogaremos con esta polvareda!

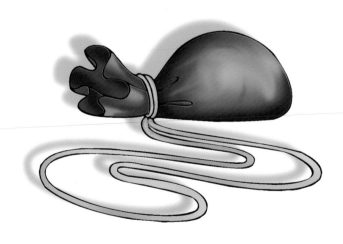

CAPÍTULO XV

EL DESPERTAR

Nos tiramos todos a una a abrazar a nuestros padres **riendo a carcajadas**. Había sido lo mismo que verlos resucitar y una gran alegría nos embargó a los cuatro. Papá y mamá nos miraban sorprendidos. Estaban **encantados de que los besáramos** con tanto entusiasmo, pero no alcanzaban a comprender el porqué de aquella descontrolada muestra de alegría.

–**¿Pero qué os pasa?** –preguntó papá sonriendo.

–**¡Estáis despiertos!** –exclamó Joseph.

–**Pues claro**, Joseph, esto no tiene nada de

extraordinario –contestó mamá–. ¡Nos despertamos todas las mañanas!

–¡No! –respondimos los demás–. ¡Todas nooo!

Nos miraron como si nos hubiéramos vuelto
locos de repente.

–Esta mañana –les expliqué–, nada ni nadie os
podía despertar.

–Caísteis en **las garras** de la Secta de la Rosa del Nilo –dijo Ahmed.

–Y os envenenaron –añadió Joseph.

–Pero **nosotros os despertamos** –finalizó Elizabeth con satisfacción.

Papá y mamá seguían mirándonos con asombro y hasta con preocupación. Papá fue quien habló:

–¿QUÉ secta? ¿QUÉ rosa? ¡Estamos muy lejos del Nilo! ¿Pero es que os ha dado una insolación?

Volvimos a explicárselo todo, esta vez más despacio, desde el principio, desde el día en el que recibí la primera amenaza de la Secta de la Rosa del Nilo en **Deir El Bahari**. Noté que no terminaban de creernos.

–Es verdad que unos arqueólogos se encuentran **dormidos misteriosamente** en el hospital de El Cairo... –dijo papá–, pero de ahí a que vosotros tengáis el **antídoto**... Y toda esa aventura que nos habéis contado... ¿No será que el descubrimiento del Punt os ha sobresaltado?

–¿Habéis tenido **pesadillas**? –nos preguntó mamá–. Lo que tenéis es demasiada imaginación.

Siempre he dicho que mis padres no son buenos sabuesos... En fin, aquella escena era típica de ellos, pero ya estábamos acostumbrados.

–Podemos demostrar que todo lo que os hemos contado es verdad –dijo Joseph.

–¿Ah, sí? –preguntó papá con ironía–. ¿Y cómo vais a hacerlo?

–Muy sencillo –contestó–: Morgan sigue durmiendo.

Simplemente diré que fuimos todos a la tienda de Morgan y dejamos que mis padres trataran de despertar a Morgan por todos los medios, sin lograrlo, naturalmente. Después, tal y como habíamos hecho con ellos, soplamos una pequeña cantidad de polvo negro sobre él, que al poco se despertó y escuchó la historia que nosotros ya habíamos vivido dos veces, de boca de nuestros padres. La diferencia fue que Morgan se lo creyó todo sin dudar de una sola palabra y hasta se lo tomó con normalidad, para asombro de mis padres, que no podían creer lo que estaban viviendo. Morgan sí es un buen sabueso.

–Si nos persigue esa peligrosa Secta –dijo mamá–, **debemos marcharnos de aquí** cuanto antes.

–**¡Buena idea!** –exclamó Morgan poniéndose de pie de un salto.

CAPÍTULO XVI

LA GRAN TORMENTA DE ARENA

Como nosotros habíamos recopilado todo en nuestra tienda, los mayores tan solo tuvieron que cargar los dromedarios. Morgan puso especial cuidado en el material fotográfico, la prueba de que había encontrado **el país del Punt**. Tan solo había transcurrido una hora cuando ya lo teníamos todo preparado para partir. Pero **el regreso** no iba a resultar tan fácil...

De pronto, en el horizonte, observamos una amenazante mancha oscura en el cielo, que se desplazaba velozmente. ¡Venía hacia nosotros!

–¿**Qué es eso?** –preguntó Ahmed temeroso.

–¡**Una tormenta de arena!** –exclamó Morgan–. ¡Y no nos da tiempo a montar las tiendas para **resguardarnos**!

Un intenso viento se había levantado ya, haciendo que la arena del desierto comenzara a elevarse, impidiéndonos ver cualquier cosa a nuestro alrededor.

–¡Rápido! –ordenó Morgan–. ¡Refugiémonos en la ciudad!

Corrimos tratando de esquivar la fuerza de la arena y, abandonando a los dromedarios y todas nuestras cosas, **entramos en el templo**. Fuimos hacia el fondo, que estaba a oscuras y en silencio, y nos sentamos muy juntos a esperar que pasara la tormenta. Tan solo teníamos la linterna de Morgan para iluminarnos y los relieves de las paredes temblaban como si cobraran vida con aquella luz tenue, de tal manera que generaban un ambiente casi de terror.

En realidad no sé cuánto tiempo estuvimos allí porque la oscuridad me hizo perder la noción del día o de la noche. El silencio de Morgan y de mis padres, además, me hizo pensar que presagiaban algo malo, y no solo a mí. Mis hermanos, que normalmente se pasan las horas muertas discutiendo, estaban callados como momias. Solo Elizabeth jugaba con Toth como si nada pasara, con la total inocencia de los niños pequeños.

Cuando dejamos de escuchar el ruido del viento y de la arena chocando contra la roca, nos levantamos y fuimos hacia la salida. Me sorprendió no ver la luz del día y pensé que quizá ya era de noche, pero no era así. Lo que ocurría era algo mucho **más aterrador**. Morgan palpó la pared una y otra vez y cuando se volvió hacia nosotros tenía una mirada febril y el rostro desencajado.

–La gran tormenta de arena –nos dijo lúgubremente– ha vuelto a sepultar la ciudad perdida del país del Punt bajo las arenas del desierto...

Un **silencio sepulcral** se instaló entre nosotros. Ahmed y Joseph me miraron un segundo con los ojos extraviados.

–¿Quieres decir que no podemos salir? –pregunté aterrorizada.

–¡Estamos **atrapados** bajo tierra! –contestó Morgan–. ¡Enterrados vivos!

CAPÍTULO XVII

EL HOMBRE DEL DESIERTO

Ni en la peor de mis pesadillas hubiera podido imaginar una situación más comprometida que en la que nos hallábamos. Al darse cuenta de su gravedad, Elizabeth se puso a llorar, empeorando aún más el ambiente. Pero Morgan no quería darse por vencido.

–**No pienso rendirme** –declaró con aplomo.

Se remangó y empezó a excavar con sus propias manos. Papá y mamá se colocaron a su lado y le imitaron, y hasta Joseph y Ahmed arrimaron el hombro. Pero yo tenía la impresión de que lo único que conseguían era meter más arena en el templo y **ahogarnos más** todavía.

–No servirá de nada –dijo papá al rato.

–Quizás haya otra salida –planteó Morgan.

Y entonces buscaron por todos los rincones del templo, palpando las paredes y enfocando la linterna hacia el techo **en busca de cualquier grieta** o resquicio que nos permitiera salir. No lo encontraron. Cuando el desánimo se había adueñado ya por completo hasta del siempre optimista Morgan, todos nos sentamos de nuevo en silencio.

–**Tengo hambre** –dijo Joseph.

–Y yo –añadió Elizabeth.

Ahmed y yo, que estábamos muertos de hambre, no dijimos nada para no empeorar las cosas. Morgan se echó la mano al bolsillo del chaleco y sacó una de sus famosas **chocolatinas**, tendiéndosela a los niños.

–No me quedan más –dijo, mirando angustiado a mis padres.

Empezaba a pensar que **moriríamos** de hambre bajo la tierra del desierto, cuando, repentinamente, un haz de luz polvorienta nos cayó literalmente del cielo. Miramos hacia arriba y, con un asombro sin límite, vimos aparecer **una mano desde un agujero** del techado, una mano que echó una cuerda abajo, y escuchamos una voz profunda que decía:

–¡Agarraos de uno en uno!

Le hubiéramos dado la mano al mismísimo diablo para salir de allí, así que, sin pensarlo dos veces, Morgan ató a Elizabeth la cuerda a la cintura y aquella fuerte mano la sacó del enterramiento. A continuación, volvió a bajar la cuerda y la operación se repitió con Joseph y con Ahmed. Me había tocado el turno. Poco a poco, la cuerda fue subiendo conmigo atada y me vi a la luz del día. Me giré sonriendo para agradecer a quien fuera que fuese **mi salvador** su hazaña, pero la sorpresa casi me hace caerme redonda: ¡era el hombre del desierto!, ¡el que me había dado el antídoto!

Me miró gravemente, pero no me dijo nada. Simplemente, volvió a echar la cuerda abajo y subió a mamá; después, entre todos, subimos a papá y, por último, a Morgan.

–No sabe usted lo agradecidos que estamos –comenzó papá–. Una tormenta de arena nos sorprendió y...

–No es necesario que me cuente nada –le dijo **el beduino**–. Lo sé todo.

–Este hombre –interrumpí yo–, es el que me dio el antídoto para el veneno de la Secta de la Rosa del Nilo.

–**¡Vaya!** –exclamó Morgan–. Entonces ya nos ha salvado la vida dos veces... Creo que estamos en deuda con usted para siempre.

CAPÍTULO XVIII

VUELTA A CASA

Salir de las profundidades había sido un alivio tan grande que, cuando volvimos al campamento y nos dimos cuenta de que **los dromedarios habían desaparecido**, no nos pareció tan trágico. Sin embargo, era todo un problema. Cruzar **a pie el desierto** no era la mejor de las ideas, aunque no teníamos muchas más opciones. Afortunadamente, nuestro benefactor, aquel misterioso beduino, sí tenía otras que ofrecernos, aunque no nos salieron gratis.

–**¿Cómo saldremos de aquí?** –se preguntó Joseph–. No tenemos provisiones y no podemos ir caminando...

–¡**Claro que podemos!** –exclamó Morgan animosamente.

Pero esta vez no contagió a nadie su falso entusiasmo.

–Yo les ayudaré –dijo el hombre del desierto.

Se llevó los dedos a la boca y emitió un silbido seco y agudo. Al poco rato, ante nuestros asombrados ojos, apareció un **pequeño ejército** de beduinos a caballo.

–Son mis amigos –explicó nuestro benefactor.

En el grupo había algunos caballos ensillados, pero sin jinete. El beduino fue eligiendo uno a uno cada ejemplar y **nos tendió las riendas** de cada montura.

–A cinco días de camino encontraréis el oasis de **El-Kharga** –nos explicó.

–¿Cómo podremos agradecerle todo lo que ha hecho? –le preguntó mamá.

–Volveremos –aseguró Morgan–. Y la segunda expedición al país del Punt traerá regalos para nuestros amigos beduinos...

–¡No! –le interrumpió el hombre del desierto– . Si de verdad quieren darme las gracias, prometan que jamás volverán y que no desvelarán el lugar en el que se halla enterrado el país del Punt.

Vi que mis padres se debatían entre su agradecimiento y su fidelidad hacia la historia y la arqueología, pero Morgan no tenía dudas. Colocó su mano derecha sobre su corazón y habló con gran solemnidad:

–Juro guardar el secreto el resto de mi vida.

–¡**Nosotros también!** –exclamamos los cuatro sabuesos a una.

Ante tal ejemplo, papá y mamá no pudieron resistirse a acatar el juramento y dieron su palabra de que jamás desvelarían la ubicación de aquella ciudad perdida.

El beduino sonrió con satisfacción. Entonces se acercó a Elizabeth.

–Toma, pequeña –le dijo–. Estas son semillas del **árbol de la mirra** que en los tiempos más gloriosos crecieron en este lugar. Plántalas, pues es privilegio del más joven ser el cuidador de la planta sagrada.

Elizabeth extendió la palma de la mano y recogió las semillas.

–**Gracias, señor** –dijo humildemente–, pero... ¿No tendrá mejor una chocolatina?

El beduino se echó a reír y, por toda respuesta, le tendió también las riendas de un caballo cargado con unas alforjas.

–Aquí tenéis **agua y alimentos** para cruzar el desierto.

Y, saludando a la manera árabe, se dio la vuelta, **galopando** hacia la línea del horizonte y perdiéndose con su pequeño ejército en una nube de polvo.

–Curioso personaje –musitó mamá.

–Digno de una novela –añadió papá.

–**¿Y mi chocolate?** –preguntó Elizabeth.

–**¡En marcha!** –exclamó Morgan.

Y así fue como, dos semanas y dos días después de haber salido, la caravana, esta vez de caballos, inició el camino de regreso.

CAPÍTULO XIX

LORD CARNAVON PIERDE

Sl día que se cumplía el plazo de un mes impuesto por Lord Carnavon, papá trató de convencer por todos los medios a Morgan para que no se presentase en el salón de recreo en el que estaba citado para aportar una prueba de **la existencia del país del Punt**.

–No merece la pena –le dijo–. Perdimos todo el material fotográfico tras la tormenta de arena, nadie te creerá, más cuando no podemos desvelar el lugar en el que se encuentra...

–No importa –respondió Morgan–. No quiero esconderme. Daré mi palabra de que estuve allí.

–**No te creerán** –insistió mamá–, por favor, Morgan, no te pongas en ridículo.

–**Iré** –dijo Morgan con resolución–, iré, me crean o no. Lord Carnavon le esperaba con aquella sonrisa **burlona** que tan nerviosa me ponía.

–¿Y bien, Morgan? –preguntó con muy mala intención, pues sabía que no teníamos pruebas de nuestra aventura.

–**Estuvimos en el país del Punt** –respondió Morgan–. Era una hermosa ciudad abandonada, con templos y casas. Encontramos unos relieves con caracteres cuneiformes en los que se decía que aquel era el mítico país del Punt...

–¿Puede demostrarlo? –le preguntó Carnavon maliciosamente.

–**¡Doy mi palabra de honor!** –exclamó Morgan.

–Me temo que **no es suficiente** –dijo Carnavon.

–Todos hemos sido testigos –intervino papá.

–¡Por favor, señor Callender! –respondió Carnavon–. **¡Ustedes son sus amigos!** ¡Es fácil mentir para hacer un favor a un amigo!

–**¡Yo no miento nunca!** –se indignó papá.

–El caso es que no existe ninguna prueba de que hayan estado allí y tampoco saben dar las coordenadas del lugar exacto...

–Ya le he dicho que **nos perdimos en el desierto** –dijo Morgan para mantener el secreto a salvo.

–... En todo caso ha perdido su apuesta –respondió Carnavon sin fingir su satisfacción.

–**¡No la ha perdido!** –gritó de pronto Joseph–. ¡Tenemos una prueba!

Le miramos horrorizados, es un niño capaz de poner todo patas arriba.

–¿De verdad? –preguntó Carnavon con sarcasmo–. ¿Y dónde está?

–**¡Aquí!** –respondió Joseph desafiante.

Y, ante el asombro de todos los presentes, le mostró la fotografía que había sacado al relieve jugando a ser arqueólogo... ¡**Con su teléfono móvil!** Aquella prueba había permanecido en su bolsillo todo ese tiempo.

Lord Carnavon no sufrió un desmayo de milagro.

–Tendré que comprobar su autenticidad –fue todo lo que pudo mascullar entre dientes.

–Hágalo –le contestó Morgan con desprecio.

Y volviéndose hacia nosotros, añadió:

–Ahora, con su permiso, tengo que irme a plantar **unas semillas de mirra** con estos cuatro sabuesos.

INFORMACIÓN PARA SABUESOS

Antropología. Ciencia que estudia al ser humano desde el punto de vista físico y también desde el cultural.

Anubis. Dios del panteón egipcio. Se le representa con cabeza de chacal y es el encargado de conducir a los muertos al otro mundo.

Beduino. Nómada del desierto africano y de Oriente Medio.

Chilaba. Ropaje de estilo árabe que consiste en una túnica larga con mangas muy anchas y capucha.

Cuneiforme. Escritura antigua que se basaba en signos con forma de cuña grabados en planchas de arcilla. Fue la escritura de sumerios e hititas, y los persas usaron un alfabeto similar.

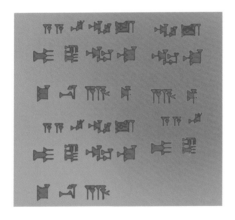

Deir El Bahari. Lugar egipcio de gran riqueza arqueológica. Está situado frente a la antigua ciudad de Tebas y de Karnak. En ese lugar se encuentra el complejo funerario de la reina Hatshepsut.

Fez. Gorro con forma de cono de color rojo típico de los turcos y de los países árabes.

Hathor. Diosa del panteón egipcio que representaba al amor, la danza y la música. Se la representa como una vaca con cuernos y el disco solar en medio o como mujer.

Hatshepsut. Reina que se proclamó faraón de la XVIII Dinastía egipcia. Construyó el famoso templo de Deir El Bahari.

Imperio Persa. Civilización antigua que ocupó lo que hoy es Irán.

Imperio Romano. Civilización antigua que se expandió por el Mediterráneo primero y por África después, llegando a dominar Egipto.

Metropolitan Museum. Museo de arte de Nueva York en el que se exponen piezas del mundo antiguo, moderno y contemporáneo de muchas civilizaciones distintas.

Mirra. Resina aromática que se obtiene de la corteza del árbol de la mirra. Era muy valorada en Egipto como perfume e incienso y como material para embalsamar a las momias.

Nubia. Lugar situado entre el sur de Egipto y el norte de Sudán que formaba un reino independiente y se enfrentó a Egipto.

Oasis. Lugar con agua y vegetación a modo de isla en mitad del desierto.

País del Punt. Antiguo territorio que aparece descrito en jeroglíficos egipcios como un lugar lleno de riquezas. La reina Hatshepsut encabezó una expedición a ese lugar que se cree que quizá se encontraba en la zona de la actual Somalia.

Palo de zahorí. Palo de madera con forma de Y con el que algunas personas hipersensibles notan la presencia de agua subterránea.

Tutmosis IV. Faraón de la XVIII Dinastía egipcia que reinó apenas diez años.

Ur. Antigua ciudad de Mesopotamia (hoy Irak).

141